GERONIMO STILTON
RATÓN INTELECTUAL,
DIRECTOR DE *EL ECO DEL ROEDOR*

TEA STILTON
AVENTURERA Y DECIDIDA,
ENVIADA ESPECIAL DE *EL ECO DEL ROEDOR*

TRAMPITA STILTON
PILLÍN Y BURLÓN,
PRIMO DE GERONIMO

BENJAMÍN STILTON
SIMPÁTICO Y AFECTUOSO,
SOBRINO DE GERONIMO

Geronimo Stilton

EN BUSCA DE LA MARAVILLA PERDIDA

Textos de Geronimo Stilton
Ilustraciones de Larry Keys
Diseño gráfico de Merenguita Gingermouse

Título original: *Tutta colpa di un caffè con panna*
Traducción de Manuel Manzano

Destino Infantil & Juvenil
destinojoven@edestino.es
www.destinojoven.com
Editado por Editorial Planeta

© 2000 - Edizioni Piemme S.p.A., Via Galeotto del Carretto 10 - 15033 Casale Monferrato (AL) – Italia
www.geronimostilton.com
© 2003 de la edición en lengua española: Editorial Planeta, S. A.
Avda. Diagonal, 662-664, 08034 Barcelona

Primera edición: mayo de 2003
Décima impresión: marzo de 2007
ISBN: 978-84-08-04756-8
Depósito legal: M. 7.000-2007
Fotocomposición: Víctor Igual, S. L.
Impresión y encuadernación: Brosmac, S. L.

Impreso en España - Printed in Spain

Stilton es el nombre de un famoso queso inglés. Es una marca registrada de la Asociación de Fabricantes de Queso Stilton. Para más información www.stiltoncheese.com

POR CULPA DE UN CAFÉ CON LECHE

¿Un café con leche? ¿Que qué tiene que ver el café con leche con todo esto? Pues sí, tiene mucho que ver.

De hecho, todo empezó así. Aquella mañana me paré a desayunar (como suelo hacer cada día) en el bar que hay debajo de mi casa. Estaba mordisqueando un cruasancito con queso cuando..., de repente, ¡alguien me tiró sobre la manga de la chaqueta una taza de café con leche! Me di la vuelta *IRRITADO*... y me quedé con la boca abierta como un papanatas.

Una ratoncita absolutamente fascinante miró primero su taza VACÍA, después mi chaqueta y, en fin, entornando sus ojitos de color **VIOLETA**, me susurró:

¡Oh! ¡Qué torpe soy...

Intenté tragar saliva sin éxito y balbuceé:
–*Glbbb, frrrr, gnccc...*
¡Se me había hecho un nudo en la lengua!
–Ejem… mi *Stilton es nombre*. No, perdón…, es decir…, mi *Geronimo es Stilton*. No, qué tonto…, quiero decir…, *¡mi nombre es Geronimo Stilton!*
Intenté hacer una reverencia, pero resbalé con la leche y acabé metiendo una pata dentro del paragüero y la otra en una tostadora al rojo vivo. Por si fuera poco, la cola se me coló entre las aspas del VENTILADOR.
Me tambaleé, tropecé y me di con el hocico en la barra, incrustándome dos botellitas de tabasco superpicante en las narices. Me atraganté, haciendo el típico ruido de una enorme cañería de desagüe por desatascar. Dando un traspié, acabé en brazos del gigantesco camarero, Bungo Trajín…, ¡con mis bigotes enredados con los suyos!
–Pero ¿qué haces? ¡Quítame las zarpas de

encima! –gritó él, mientras me daba un mordisco en la oreja. Justo después me echó a la calle en el preciso momento en que pasaba el tranvía **17 NEGRO bis**. Y entonces la cola me quedó atrapada bajo el raíl.

El tranvía se acercaba tocando la campana…

–¡Socorrooooooo! –grité desesperado.

Desde la tienda de la esquina vino corriendo el florista.

–¡Tranquilo, señor Stilton! –exclamó–. Tengo una idea genial: le cortaré la cola con mis tijeras de podar. **¡Zic–zac!** Solo será un momentito, ¿eh? –me propuso contento mientras agitaba peligrosamente unas tijerotas de jardinería a un centímetro de mi cola.

Empalidecí.

–¡Quita tus patas de mi cola! –exclamé–. Prefiero que me atropelle el tranvía…

Como si quisiera cumplir mis deseos, el tranvía número 17 negro bis me golpeó en plena nuca.

La cola me quedó atrapada bajo el raíl...

«EL ECO DEL ROEDOR»

Me levanté tambaleante, pero con una enorme sonrisa bobalicona estampada en el rostro.

Ah, era feliz, superfeliz, como nunca en mi vida… al fin había encontrado

¡El amor!

Llegué a la redacción como en un sueño. Ah, claro, ¿no os lo he dicho aún? Dirijo un periódico, *El Eco del Roedor...*

Nada más abrir la puerta, mi hermana Tea me salió al encuentro FURIOSA.

–¡Geronimooo!

Pero ¿dónde te habías metido? ¡La reunión ya ha empezado!

–¿Qué? ¿Cómo? ¿Reunión? ¿Qué reunión? –balbuceé ensimismado.

Ella me observó con más atención.

–Pero ¿qué haces con esas botellitas en la nariz? ¿Y qué hace esa **MANCHA** en la manga de tu chaqueta? Pareces chiflado, ¡cualquiera diría que te has dado de morros contra un tranvía!

–Exacto –murmuré–. Ha sido precioso...

Entré en el despacho con mi hermana pisándome los talones.

–Entonces, ¿cuántos ejemplares del periódico tenemos que imprimir?

–Once, no, doce, no, trece docenas de rosas –susurré en un tono soñador–. Rosas rojas, naturalmente...

–¿De qué estás hablando?

Tea me miró como si me hubiese vuelto loco de repente.

–¿Qué estás diciendo? ¿Estás delirando? Qué tienen que ver las rosas con el periódico, ¿eh?

¡¡¡despierta!!!

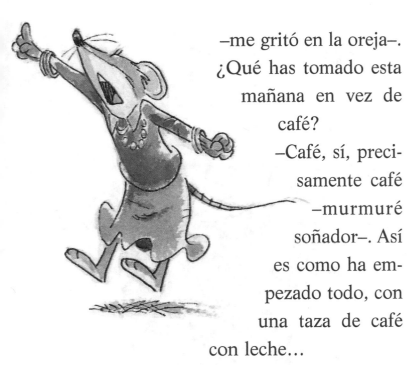

–me gritó en la oreja–. ¿Qué has tomado esta mañana en vez de café?

–Café, sí, precisamente café –murmuré soñador–. Así es como ha empezado todo, con una taza de café con leche...

Tea, tras reflexionar un instante, me dijo:

–Espera un momento..., ¿no te habrás enamorado?

–El AMOR, ah, sí, el AMOR..., –farfullé mientras deshojaba las páginas de mi talonario de cheques como si fuese una margarita–. Me ama, no me ama. Me ama, no me ama... ¿No me ama? –chillé preocupado, con el último cheque en la mano.

*Deshojé mi talonario de cheques como si fuese
una margarita...*

Tea contempló asqueada todos aquellos cheques desperdigados por el suelo. Inmediatamente después me arrebató el talonario de la pata.

–¡Basta! Esto es un periódico, ¿sabes? ¡Es una redacción! ¡¡¡Aquí se TRA-BA-JA!!! –vociferó cada vez más fuerte.

–Sí, claro –murmuré en un tono SOÑADOR

»Por supuesto... Trabajad... trabajad duro... así me gusta…

Tea me agarró por las solapas de la americana.

–Pero *¿¿¿es que te has olvidado de que eres*

el director del periódico???

–Qué poético es todo..., ¿no te parece, Tea?

Director... rima con *Amor*... –dije mientras empezaba a deshojar otro talonario de cheques.

En aquel momento alguien llamó a la puerta.

También «impresor» rima con «amor»

Mi secretaria, Ratonila Von Draken, entró a toda velocidad empujando una enorme agenda CON RUEDAS.

–¡Señor Stilton! ¡Tiene que hablar con el impresor inmediatamente!

Yo le contesté embobado:

–¡Oh! También «IMPRESOR» rima con «AMOR»…

Ratonila abrió la tapa de la agenda, de ACERO MACIZO:

–A ver, a ver, a ver… el número de teléfono…, ya lo llamo yo misma –dijo ella, implacable.

Mientras tanto, Merenguita, mi diseñadora gráfica, una ratita decidida y de PELAJE

COBRIZO, se acercó a paso de tango, arrimándose a Lupino Rataplán, el diseñador jefe.

Lupino Rataplán, un ratón de pelaje despeinado y aire distraído, masculló:

–Director, hace tres horas que lo esperamos en la sala... Después, Merenguita me ha obligado, repito, **OBLIGADO** a bailar un tango. Me entristece tener que decírselo, pero no me parece muy serio...

–¿Y usted? ¡No querrá hacerme creer que usted es un ratón serio con esa rosa en la boca! Debería saber que hace ya rato que ha acabado la clase de tango –le rebatí.

Tea hizo un gesto desaprobador con la cabeza y después gritó:

–¿Lo ves? ¿Te das cuenta? ¡Tú te ausentas un rato y no hay rata que dé pie con bola en esta ratonera! ¡Esto es un caos! Se canta, se baila, se dan **FIESTAS**...

Ah, pero ahora mismo te ato al escritorio y

de aquí no sales hasta esta tarde. Qué digo…, hasta esta noche.

Una ratita refinada, vestida con un elegante conjunto de cachemir que debía de haberle costado una fortuna, me dio un golpecito en el hombro:

–¡Hey, Gerry!

–¿Quién es usted? ¿Qué quiere? –refunfuñé distraído mientras dibujaba corazoncitos en mi agenda.

–¿Cómo que quién soy? ¿No me reconoces? ¡Soy Tina Kashmir, tu jefa de redacción! ¡Hace veinte años que trabajamos juntos! –exclamó entre preocupada y ofendida.

Levanté la mirada.

–¿De veras? Ah, claro, puede que sí…, tienes un aspecto que me es vagamente familiar… –dije, para después suspirar–: ¡Qué interesante! «REDACCIÓN» rima con «PASIÓN»…

¡Qué romántico! ¡Es tan romántico todo...! Mis colaboradores estaban desconcertados. Oí que murmuraban entre ellos:

–Desesperado... *Bz, Bzzz...* ejem, sí..., seguramente sea un caso desesperado...

De repente, me fijé en la foto de la portada del periódico.

–¡Es ella! *¡Ella!* –grité.

Con los ojos nublados por la emoción leí el pie de foto:

«... llegó ayer a la ciudad la condesa Provoleta De La Gruyère, hija del conde Camembert de Roquefort, sobrina del gran duque Brie de Reblochón. La condesita, que reside en el castillo de Fromage d'Or, participará en el gran baile que se celebrará el próximo sábado en la embajada...»

Besé apasionadamente la foto.

–¡Provoleta!

¡Ah, Provoleta! –murmuré.

Mi hermana meneó la cabeza.

–Geronimo, eres un caso desesperado, ¡un caso perdido!

TRECE DOCENAS DE ROSAS ROJAS

Corrí hasta la floristería para encargar trece docenas de rosas rojas de tallo **larguísimo**. Era un ramo enorme, tan grande que para transportarlo hasta el domicilio el florista tuvo que utilizar un motocarro.

Escribí y reescribí varias veces la tarjeta que acompañaba al ramo: *Roedores saludos…* No, quizá: *Su ratísima condesita, no volver a contemplar su ratonil sonrisa sería para mí peor que vivir en una ratonera…* No, mejor

Ratonilmente vuestro…

Escribí y reescribí varias veces la tarjeta…

El florista me observaba aburrido.

–¿Ha terminado ya? Mire que está **acabando** con todas las tarjetas –se quejó, señalando la montaña de tarjetas arrugadas que se acumulaba a mis pies.

A continuación me sugirió con aire experto:

–¿Y por qué no se limita a escribir su nombre? –preguntó.

–¿El nombre, qué nombre? ¿El de ella?

–¡No, el de usted! ¡Lo único que tiene que hacer es firmar la tarjeta! Sabe cómo se llama, ¿no? –explotó exasperado.

Entonces, empezó a murmurar:

–*Perdido, un caso perdido*.

Firmé la tarjeta lleno de emoción. Después la sujeté con el lazo de seda escarlata que ceñía el enorme, el gigantesco, el exagerado ramo de rosas rojas.

Geronimo Stilton

Fue allí, en la pastelería, donde me encontré a mi primo Trampita, justo cuando estaba pagando. Mi primo, que no sabe lo que significa la palabra «discreción», apareció, de repente, a mi espalda.

–¿Para quién son estos bombones? –gritó mientras me ARREBATABA un bombón al gorgonzola y se lo tragaba de un solo bocado.

–¡Estáte quieto! –exclamé. Pero ya era demasiado tarde: Trampita había metido sus zarpas dentro de la caja.

–¡Qué lujo! ¿Cuántos pisos hay? ¿Cinco? ¿Seis? ¿Siete? –vociferó, mientras yo estaba a punto de ponerme a llorar.

–Pero ¿qué haces? ¿No ves el JALEO que has organizado? ¡Estos bombones eran un regalo! –protesté.

–Por cierto, ¿sabes que el mes que viene es mi CUMPLEAÑOS? Podrías regalármelos a mí.

¡Me haría muchísima ilusión! –murmuraba mientras masticaba a dos carrillos y se lanzaba puñados de

 BOMBONES A LA BOCA.

–Póngame otra caja, pero esta vez cerrada y precintada –le dije a la cajera suspirando.

Todavía masticando a dos carrillos, Trampita me dio las gracias.

–Geronimo, qué idea tan *exquisita...* –Después me dio un codazo en las costillas–: Por cierto, ¡he sabido por Tea que tienes novia! ¿Quieres un consejo? *No le vayas detrás...*

BOMBONES
DE QUESO

Me pasé toda la tarde pegado al teléfono.
Ansiaba que ella me llamase para darme las
gracias. Sin embargo, ¡nada de nada! De
cuando en cuando, me da vergüenza decirlo,

LEVANTABA EL AURICULAR

para asegu-
rarme de
que el teléfono
funcionaba.
Al día si-
guiente

corrí a la pastelería a comprar una caja de
bombones de queso: una caja extralujo, de

siete
pisos,

Mi primo apareció, de repente, a mi espalda…

Una nube
de encaje

Aquella noche también me pasé horas frente al teléfono esperando a que me llamase. Como siempre, cada cinco minutos levantaba el auricular para comprobar el funcionamiento del aparato.

Ella **NO** me llamó.

NO me llamó...

¡**NO** me llamó!

¡Estaba desesperado!

Aquella noche fui a esperarla frente al hotel. Me daba vergüenza quedarme en la misma puerta, por eso preferí esconderme 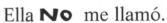 la esquina, para no perder de vista quién entraba y quién salía.

De repente,
alguien me puso la
pata en el hombro.

–¡Auxilioooo! –chillé dando
un salto. Cuando me di la vuelta vi
a Benjamín, mi sobrino preferido.

–¡Tío Geronimo! ¿Qué haces aquí?

Fue en ese preciso instante cuando *la* vi
salir.

–¡Pssst, silencio, sobrino! –murmuré mientras salía de detrás de la esquina intentando
ofrecer un aspecto desenvuelto. *Ella*
miró en mi dirección pero no se fijó en mí.
En ese momento se le cayó algo al suelo.

Era un pañuelito, una nube de encaje que olía a rosas y que llevaba bordadas las iniciales PG. Corrí a recogerlo del suelo mientras balbuceaba:

–Señorita, ejem, soy yo, el del nafé con cata, quiero decir..., el de las rosas jorras... No, es decir, el de los mombones de cocholate, en fin, soy yo, ¡Gilton, Senorimo Gilton!

Ella me miró abriendo sus deliciosos ojazos de color violeta y susurró:

–¡Oh!

Le ofrecí el pañuelito, intenté hacer una reverencia, pero caí rodando por las escaleras precisamente cuando pasaba la segadora del césped del hotel, que me esquiló el pelaje al cero. Me levanté aturdido y me encontré delante de una enorme apisonadora, que **FRENÓ** a tiempo...

¡justo encima de mis pies!

–¡**Socorroooooooo**!

–grité.

En ese momento, un coche deportivo se paró delante del hotel. Un ratón **vestido de smoking** descendió del automóvil. *Él* subió la escalera y le besó la pata a *mi* amada.

–¡***Provoleta***, en el gran baile de la embajada todos te están esperando! –le susurró ceremonioso al oído.

Seguidamente, ambos desaparecieron en la noche.

¡No debías ir tras ella!

Al día siguiente me arrastré hasta la oficina, para intentar distraerme un poco.

Tea se dio cuenta en seguida de cómo estaban las cosas.

–Geronimo..., *no debías ir tras ella...*

Me puse a dibujar **corazoncitos** roto por aquí y por allá mientras hipaba ruidosamente.

–¡Señor Stilton! –gritó Ratonila, apartando un montón de contratos y facturas–. ¡Me está poniendo perdidos de **LÁGRIMAS** los documentos!

En ese instante entró Trampita, que me miró con aire crítico.

–Ya te dije que... *no debías ir tras ella...* Te

ha salido mal, ¿no es así? De todas maneras, no era tu tipo. –Después prosiguió en tono sarcástico–: Pero ¿es que existe tu tipo? Bah…

Entonces entró Benjamín, con un montón de periódicos para enviar.

–Tío, quizá deberías pensar en otro sistema. Porque… no debías ir tras ella…

—¡Bastaaa! –chillé al borde de un ataque de nervios–. ¡Que nadie vuelva a decirme que no debía ir tras ella! –Después me apoyé encima del escritorio, hundí el hocico entre las patas y lloré todas las LÁGRIMAS que un ratón es capaz de verter.

¡GRUNF!
¡SGRUNFFF!

Aquella noche me arrastré agotado hasta casa. Repté hasta el sillón frente al televisor. Tenía la moral bajo tierra. Coloqué al alcance de la mano una caja de pañuelos de papel: ¡sabía que los iba a necesitar! Mientras cambiaba distraídamente de un canal a otro oí que alguien llamaba a la puerta.

–¿Quién es? –balbuceé. ¿Por qué no me dejaban

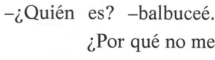

sufrir en paz? Quienquiera que fuese, insistía. Fui hasta la puerta de la calle arrastrando las zapatillas, y abrí.

–¡Hola, Geronimo! –gritaron al unísono Tea, Trampita y Benjamín.

–Ah..., sois vosotros... –mascullé.

Trampita, rápido como un rayo, metió la pata para impedir que yo les cerrara la puerta en las narices.

–Primo, ¡hemos venido a visitarte para **subirte la moral**! Para eso están los parientes, ¿no? –dijo, rebosando alegría.

–Grunfff –emití como respuesta.

Entonces intervino Tea:

–¡Ánimo, hermanito, tienes una cara que parece que se te haya muerto el GATO! Para subirte la moral, te hemos preparado una bonita sorpresa...

Entonces me puso frente al hocico un artículo publicado en el diario de la competencia,

La Gaceta del Ratón, que se titulaba:

«La Octava Maravilla del mundo».

Trampita empezó a leer en voz alta:

«En la biblioteca de Ratonia ha sido hallado un manuscrito que data del siglo XIX, en el cual el famoso explorador Ratingstone relata su expedición a la Isla Mariposa, en busca del mítico Valle de los Quesitos, que documentos aún más antiguos describen como la Octava Maravilla. Muchos intentaron la difícil empresa, pero nadie consiguió encontrar la entrada secreta del valle, ni siquiera el gran Ratingstone...».

Lentamente, me fui de vuelta a la butaca y, agotado, murmuré:

–¿Y qué?

Mi primo me lanzó una mirada de compasión.

–¿Todavía no has entendido nada? ¡Seremos nosotros quienes encontremos el Valle de los Quesitos, y nos haremos famosos!

ME HUNDÍ en el sillón y farfullé con aire deprimido:

–No, gracias, queridos, os agradezco mucho que hayáis pensado en mí, pero en estos instantes no estoy con ánimos para esos trotes. Ya sabéis que en otra ocasión os habría acompañado gustoso, es decir, sin ofrecer demasiada resistencia, pero ahora no es el momento adecuado…

Se fueron desanimados, cabizbajos y con el rabo en

¡AGÁRRATE FUERTE!

Tea entró en mi despacho y cerró la puerta con aire MISTERIOSO.

–Tengo la solución para todos tus males... ¿Confías en mí?

–¡No! –tuve la fuerza de responder a pesar de mi desesperación. Ella dio un resoplido.

–No te hagas el difícil. Ven conmigo.

–¡Vale, pero por lo menos dime adónde vamos! –exclamé.

Tea puso morritos y se cruzó de brazos.

–No puedo decírtelo..., ¡es un secreto!

Nos fuimos.

Tea me cargó sobre la moto (¿no os lo he dicho ya? Mi hermana tiene la pasión, o, mejor dicho, la manía de las motocicletas).

Entonces gritó, alegre:

–¡Abran paso! ¡Agárrate

FUEEEEEEERTE!

Cuando empezó a acelerar cerré los ojos (le tengo pánico a la velocidad).

No los volví a abrir hasta que estuve absolutamente seguro de que habíamos llegado ya. Me encontré en un callejón estrecho y oscuro que olía a pis de gato.

Mi hermana me empujó dentro de una portería.

–Sube por la escalera. Por cierto, es un décimo piso y no hay ascensor... ¡Yo te espero aquí! –se rió pícara.

Madame
L'Amour

Llegué al décimo piso medio asfixiado.

Notaba el corazón latiéndome frenéticamente en el pecho, y no sabía si era por culpa de los diez pisos o por la emoción...

La puerta lucía un cartelito que decía:

Y de repente, todo estaba clarísimo: mi hermana me había llevado a ¡una quiromante!..., ¡una maga!..., ¡una hechicera!

Yo no creo en estas cosas. No quiero ni oír hablar de la magia.

Ya estaba a punto de irme y volver sobre mis pasos cuando se abrió la puerta con un crujido.

Entreví una habitación POLVORIENTA, que olía a incienso y perfumes orientales.

–Ven, acércate –murmuró una vocecita–. Te estaba esperando...

Qué curioso, hubiera jurado que esa voz me recordaba a alguien.

La vocecita prosiguió:

–Veo unas iniciales... ¿Una P?, ¿una G...? Bordadas..., quizá..., ¿en un pañuelito? Un pañuelito perfumado de rosas...

Me quedé en el quicio de la puerta, petrificado.

En un rincón de la habitación vi una extraña figura que llevaba una larga túnica que le llegaba a los pies. Lucía un fular en el cuello con una inscripción bordada que decía

La adivina descubrió una bola de cristal...

El misterio es mi misión. Un amplio pañuelo de seda roja **descolorida** le cubría la cabeza. No le pude ver el morro con claridad porque en cuanto me acercaba se tapaba la cara con una pata.

La adivina se sentó en una butaquita tapizada de terciopelo bordado, y a mí me indicó una silla. Mientras tanto, descubrió con un gesto de prestidigitador una bola de CRISTAL.

Después, encendió una barrita de incienso, me la pasó por debajo de las narices –lo que me hizo estornudar–, y me susurró con voz dulzona:

–Entonces, apuesto caballero, es un asunto de amor lo que le trae aquí, ¿no? Justo mi especialidad…

Miré a mi alrededor: ¡qué tonto había sido dejándome arrastrar hasta aquí!

Ya estaba a punto de levantarme cuando susurró:

–Veo rosas…, muchas rosas, un camión entero…, y bombones..., muchos bombones de queso…, ¡excelentes, exquisitos! ¿Siete pisos?

Se me **HELÓ** la sangre en las venas.

¿Y si la adivina tenía poderes mágicos de verdad? Ella soltó una risita pícara, satisfecha por el efecto que habían logrado sus palabras, y prosiguió:

–No basta con las rosas. No basta con los bombones. Hace falta algo más para impactar a esta *ratota...*

–¿*Ratota?* –murmuré, sorprendido.

De nuevo tuve la sensación de que la adivina me recordaba a alguien **MUUUY** familiar.

–Ejem, esta *dulce ratoncilla...* –se corrigió de inmediato.

Después acarició la bola de cristal y continuó:

–Veo… veo un **corazón partido**…, pero habría una manera... ¡una manera de conquistarla!

Una esperanza irracional me aceleró el pulso.

–¿Estás dispuesto a todo por verla caer a tus pies? Entonces, grité:

–¡Sí! ¡Sí! ¡A todo, a lo que sea!

La hechicera se alisó los bigotes y sonrió con aire astuto.

–Pues lo que tienes que hacer es algo absolutamente excepcional: debes llevar a cabo una empresa imposible, algo que ningún ratón con sentido común, je, je, jeee, fuese capaz de aceptar jamás. Tienes que convertirte en un personaje famoso. ¿Me entiendes? ¡Solo así ella se fijará en ti!

Yo balbuceé indeciso:

–¿Una gran empresa? Pero yo soy un ratón normal…, soy editor…, no soy un EXPLORADOR…

Ella balanceó la cabeza.

–Sin embargo –continuó persuasiva–, veo que te han propuesto (no sé quién, pero tengo el presentimiento de que son de fiar). –Y entonces se puso a frotar la bola con un trapo grasiento–... Decía que algunos roedores muy lanzados te han propuesto participar en una expedición. ¡Será un exitazo! –Y continuó–: ¿Por qué? ¿Eh? Dime, ¿por qué no has aceptado? –insistió–. ¿Por qué? –dijo alzando la voz–. A ver, ¿por qué?, que me entere yo, ¿por qué no has aceptado?

Yo balbuceé:

–Ejem, entonces, ¿usted cree que yo...? ¿Le pa-parece que debería aceptar?

Ella exclamó con voz de falsete:

–¡Por supuesto! ¡Claro que sí, ratoncito tontito! ¡Corre a casa, haz la maleta y vete, antes de que sea demasiado tarde!

Yo, agitadísimo, me levanté para irme.

–Pero ¿usted cree que esto… funcionará?

–Ten confianza en Madame l'Amour –se rió satisfecha. Y después añadió decidida–: ¡Son doscientos, querido!

–¿Dos? ¿Dos qué? –pregunté perplejo.

–No, disculpa –dijo maliciosa–, ¡serán dos mil euros, queridísimo! No querrás que te haga una factura, ¿no?, porque entonces habrá que añadirle un pequeño plus. Mira, como me has caído simpático te voy a hacer una rebaja: ¡el servicio completo te costará solo mil novecientos noventa y nueve euros con cincuenta céntimos!

Yo, como en sueños, saqué la cartera y deposité sobre la mesita un gran fajo de billetes, que ella, veloz como un rayo, agarró con una PATA GORDOTA que lucía un anillo con un rubí enorme en el meñique.

Me dirigí hacia la puerta y cuando ya estaba bajando la escalera oí una voz que gritaba:

—¡Y sobre todo, no vayas tras ella!...

«Esa frase ya la he oído antes», pensé, pero no tuve tiempo de darle muchas vueltas porque una pata me agarró del hombro con decisión: era Tea.

—Qué, ¿cómo ha ido? —me dijo disimulando una risita.

—Tenías razón, la maga lo sabía todo. ¡Todo! Y me ha dicho..., ejem..., que me vaya con vosotros...

Tea se mostró sorprendida.

—*¡Oooooh!* ¿De verdad? *¿De verdad?* Fíjate tú... ¡Quién lo hubiera dicho...!

Después me cargó en la moto.

—Vale, partimos dentro de diez minutos.

¡Nos vamos!

Llegamos al aeropuerto. (Tea no me dejó ni siquiera pasar por casa para hacer la maleta, quizá temía que yo cambiase de opinión.) Benjamín ya estaba esperándonos. Trampita, en cambio, llegó un poco más tarde, APRESURADO y resoplando.

–Je, je, jeee, no estaríais pensando largaros sin mí, ¿no?

Tea estaba ya dándoles órdenes a los mecánicos.

–¡Vamos, vosotros, traedme la avioneta…, aquella de allí, la del fondo del hangar, sí, aquella de *flores*! ¿Habéis llenado el depósito? ¿Ah, no? ¿Pues a qué esperáis?

Yo murmuré, nervioso:

–Ejem, espero que no pienses pilotarla tú, ¿eh?

Mi hermana se ofendió.

–¿No te fías? ¡Venga, dilo! ¡Lo dices porque soy una mujer! –Y añadió–: El año pasado gané el concurso de acrobacia de la isla, ¿lo sabías?

Mientras, iba saludando a sus amigos a derecha e izquierda:

–¡Hola, Aladeltus! ¡Hombre, pero si es el viejo Parapento!

–Los conoces a todos, ¿eh? –refunfuñé.

Ella se acomodó bien la bufanda de seda blanca de aviadora y me guiñó el ojo con aire travieso.

–Sí, tengo tantos admiradores aquí... –murmuró con voz seductora.

Un ratón que llevaba un equipo completo de paracaidista balbuceó:

–¡Tea, qué casualidad! Ejem..., no sé si te apetece..., ¿te apetece lanzarte hoy conmigo?

Ella se rió mientras entornaba los ojos batiendo sus largas pestañas.

–Gracias, pimpollo, pero hoy no puedo, otro día será...

El paracaidista me miró con odio pensando que yo era el novio de Tea.

Mientras nos alejábamos, ella me susurró:

–¿Ves cómo se hace? Tienes que hacerles sufrir...

En ese momento noté que alguien me tocaba con la pata en el hombro y una voz me susurraba al oído:

–Geronimito, soy yo..., ¡Provoleta!

De emoción, el corazón **SE ME DESBOCÓ** y, entusiasmado, me di la vuelta… para encontrarme de morros a mi primo Trampita, que me besuqueó en el hocico.

–¡Je, je, je, jeeee! –se rió malicioso–. Has picado, ¿eh? ¡Tú siempre picas!

No me encuentro nada bien

–Tango Eco Alfa, preparado para despegar… –dijo Tea por el micrófono de la radio. La avioneta levantó las ruedas del suelo, vibró como si fuera un gato que ronronea, y después viró hacia el norte.

Yo tenía tanto miedo que clavé las UÑAS en el asiento. Trampita preguntó escéptico:

–¿Cuánto hace que tienes el carné de piloto, primita? ¿Dos días? ¿Tres? ¿Una semana? ¿De verdad serías capaz de hacer una acrobacia?

Ella gritó, ofendidísima en su orgullo de piloto:

–¿Cómo te atreves?

Entonces dio un tirón a la palanca de mandos y la avioneta entró en **barrena**.

–¿Eso es todo? TE DIGO QUE SI ESO ES TODOOOO –gritaba Trampita.

–¡Basta, basta, por favor! –imploré.

–*Looping, tonneau...* –gritaba Tea haciendo una maniobra tras otra.

–No me encuentro nada bien –murmuré con un hilillo de voz apenas perceptible.

–¡No me ensucies la avioneta! –exclamó ella mientras me indicaba con la pata una bolsita de papel–. Ten, si de verdad tienes un problema de estómago, utiliza esto.

Detrás de mí oí cómo Trampita afirmaba presuntuoso:

–Escucha, perdona, monina, pero eso también lo sé hacer

yo. ¿Quieres que te lo demuestre? ¿Eh?

—¡NooOOo! ¡Basta! —supliqué, sacando el morro de la bolsita de papel.

—Y ahora el gran final: ¡el rizo de la muerte! —gritó Tea excitadísima.

La avioneta entró en barrena y empezó a describir tirabuzones sobre sí misma hasta, os lo juro por los bigotes de mi abuelo, ¡¡¡por lo menos siete veces!!!

—¡¡¡SocorrOOOOoooo!!! —grité.

—¡Yuuupii!!! —chillaba mi hermana.

Después, con un simple golpe de timón, la avioneta volvió a su posición inicial.

Oí a Trampita comentar a mi espalda:

—¡Bah, no ha sido para tanto!

Pero al mirarlo por el rabillo del ojo me pareció que estaba pálido.

Fue lo último que recuerdo; después me desmayé.

Me reanimaron poniéndome bajo las narices la corteza de un queso apestoso.

Recobré el conocimiento mientras farfu-
llaba:

–Te prohíbo…, te prohíbo que vuelvas a ha-
cerlo...

–Que sí, que sí, no te preocupes... Además,
estamos a punto de llegar –refunfuñó Tea.

–¿Ya hemos llegado? ¿De verdad? –susurré
incrédulo.

Justo después, Tea bordó un aterrizaje sobre
la pista.

VIAJES
SALVAJES

Descendimos de la avioneta y una ratita en bikini nos colgó del cuello un gran collar de flores perfumadas.

–¡Bienvenidos al Archipiélago Florido! –canturreó con un dulce acento.

Fuera del aeropuerto había un jeep con la inscripción VIAJES SALVAJES. Me asaltó una duda terrible: ¿era posible que fuese para nosotros?

–No quiero subir, quiero descansar –imploré.

Me subieron al jeep a la fuerza. Tea se sentó al volante, metió la marcha y pisó a fondo el acelerador. El jeep saltó hacia adelante con un estruendo de motor y salimos disparados haciendo chirriar los NEUMÁTICOS.

El viaje duró horas, que se me hicieron interminables. Al final, el coche frenó de golpe. Reuní mis últimas fuerzas y descendí del vehículo arrastrándome.

Horrorizado, me di cuenta de que nos encontrábamos en un puerto. Tea saltó dentro de una lancha fueraborda con la proa tan afilada como la **PUNTA DE UN LÁPIZ**, y me hizo el gesto de que la siguiese.

Entonces, me planté.

–¡No quiero subir! ¡Me niego! –chillé.

Trampita me dio un codazo gritando:

–¡Geronimo, mira, mira! ¡Un trozo de queso volador!

Me distraje un instante...

... Y él lo aprovechó para empujarme dentro de la lancha. Tea, rapidísima, desató los cabos y en cuestión de segundos nos habíamos alejado del muelle.

–¡Socorrooo! ¡Esto es un secuestro! –grité aterrorizado.

Inmediatamente después me asaltó una duda espantosa.

–Pero... ¿quién conducirá? –pregunté.

–¡Yo, por supuesto! –gritó Tea mientras se apretaba el cinturón de seguridad–. ¡Venga! ¡Partimos hacia la Isla Mariposa! ¡Prepárate, hermanito, nos lo pasaremos bomba!

LOS 10 GRADOS DEL MAL DE MAR

En el puerto...

No sé si vosotros sufrís del mal de mar; yo sí. Yo sufro del mal de mar, me mareo en coche, me marco con la altura. Al principio me empiezan a silbar los oídos, después empiezo a bostezar, en ese punto comienzo a bizquear, y entonces me vienen las náuseas, mi color pasa de una sana tonalidad gris rata a una gama de colorines cada vez más

En el muelle...

En la pasarela...

A bordo...

Empezando a navegar

sorprendentes. Finalmente, me quedo pálido como el requesón.

Cuando llegamos a la Isla Mariposa tuvieron que bajarme agarrándome de las patas.

–No quiero subirme más a ninguna avioneta, barco, automóvil… –grité.

10. *Con mar brava*

Tea me miró con una expresión de falsa inocencia.

–¡En absoluto! ¡Faltaría más!

–Humm... ¿No más avionetas?

–¡NOOO!

–¿No más barcos?

9. *Con fuerte marejada*

–¡NOOO!

–¿No más coches? ¿De ningún tipo? –indagué desconfiado.

–Nooo...

8. *Con marejada...*

7. *Con marejadilla...*

6. *En mar abierto...*

–Humm... ¿Ni siquiera un tren? –insistí.

–¿𝕋ℝ𝔼ℕ? Mpfff, ¡qué imaginación tienes!

Suspiré, por fin, con tranquilidad.

–Bueno…, lo siento si me he mostrado demasiado desconfiado… –me disculpé.

–Claro, no te preocupes, cariño –respondió mi hermana, magnánima.

–Perfecto –recobré mi BUEN HUMOR–.

¿Qué hacemos ahora? ¿Adónde vamos? Por dónde queda ese VALLE DE LOS QUESITOS, ¿eh?

–Oh, cae por allí… –respondió ella de manera vaga.

Como no me fiaba del todo, desplegué el mapa. Lo primero que me llamó la atención fue la extraña forma que tenía la isla, que parecía una mariposa enorme con las alas desplegadas.

No había sido un espejismo: la isla que había visto desde la avioneta entre una acrobacia y la siguiente ¡tenía realmente forma de mariposa!

No había sido un espejismo...

Después me fijé en la vegetación que me rodeaba: era espesa, intrincada, tentacular; aquel verde intenso, absoluto, me impresionó.

De repente, noté algo extraño... pero no supe qué era.

Tras un rato lo entendí.

No había la más mínima señal de roedores en toda la isla, que parecía deshabitada, ni siquiera se oía el vuelo de un mosquito o el canto de un pájaro.

El silencio era total, extraño, inquietante.

Un escalofrío me recorrió la cola. ¿Adónde me habían llevado?

¡EN MARCHA!

Trampita se estaba peleando con un montón de mapas y planos. Parecía muy profesional. Mi primo se puso al frente de nuestra pequeña expedición y gritó con tono solemne:
–¡**SE-GUID-ME**!
Y nos pusimos en marcha.
Caminamos durante una hora, dos horas, tres horas...

El s☉l ya se estaba poniendo.

Debía de hacer por lo menos cinco horas que caminábamos.

Anocheció.

Yo **supliqué** que nos parásemos para descansar un ratito, pero Trampita dijo que ya casi habíamos llegado y que era mejor no pararse.

Me daba la impresión de estar arrastrando un queso de **UN QUINTAL** en vez de una mochila...

Era ya negra noche cuando empecé a tener dudas.

Apreté el paso para dar alcance a mi primo.

—Trampita, estooo, tú sabes adónde vamos, ¿no?

—¡Por supuesto! ¡Vamos hacia adelante, siempre adelante! —exclamó mi primo.

–Sí, eso lo entiendo, avanzamos, pero…
¿hacia dónde? –dije pensativo.

–¡ADELANTE! ¡Siempre recto! Adelante quiere
decir adelante, ¿no? –dijo él resoplando, como
si dijera algo completamente obvio.

Entonces me dio un **ATAQUE DE
NERVIOS** y me puse a gritar:

–¡Ya basta! ¡Quiero saber dónde estamos y
hacia dónde vamos!

Me di cuenta de que mi hermana, lentamente, se había acercado y escuchaba con
gran atención. Mi primo agitó una pata y dijo
en un tono vago:

–Veamos, nos encontramos más o menos en
el centro de un bosque. ¿O acaso no ves los
árboles que nos rodean? Y el mar, quiero
decir, la playa, de hecho, está más o menos
a nuestra espalda, y si continuamos adelante
(en esta dirección o en cualquier otra) más
tarde o más temprano, de eso sí que estoy
segurísimo, llegaremos a algún sitio.

En ese momento, mi hermana chilló:

–¿Qué? ¿Qué estás diciendo? ¿Que no sabes dónde estamos? ¿Que no sabes hacia dónde vamos?

Y los dos empezaron a zurrarse de lo lindo.

QUESITA MÍA...

Decidimos acampar para pasar la noche al lado de una pared rocosa.

Estaba rendido, y apenas se apagó el fuego del campamento cerré los ojos, precipitándome en un sueño profundo, **PROFUNDÍS**

Soñaba... soñaba que estaba de rodillas ante Provoleta.

–Quesita mía, corazón mío, ¡te quiero con locura!

Provoleta sonreía.

–¡Oh, Geronimo, eres un ratón tan maravilloso! Jamás he conocido a un roedor como tú... –me susurraba fascinada.

–Provoleta, adorada mía, ¿quieres casarte conmigo?

Ella me sonrió con dulzura.

Iba a responderme cuando, de repente, pobre de mí, me desperté.

Alguien me estaba dando golpecitos en el hombro.

–¿Quién es? ¡Dejadme en paz! –refunfuñé.

Era Benjamín, que me susurraba al oído:

–¡CHISSST! Tío, levántate y ven conmigo a ver esto. Pero, sobre todo, ¡no hagas ruido!

Provoleta, adorada mía, ¿quieres casarte conmigo?

LA OCTAVA MARAVILLA

Benjamín me arrastró de la pata y me mostró una mariposilla que aleteaba de un lado a otro.

La observé con mayor atención.

Era amarilla y LLENA DE AGUJEROS, ¡como un trozo de queso emmental!

–¡Mira, Benjamín, es extraordinaria! ¡No he visto nunca una mariposa como esta! –murmuré, emocionado–. ¡Quizá viene del valle misterioso, el Valle de los Quesitos!

–¡Chissst! –siseó Benjamín mientras me indicaba que me callase.

La mariposa volaba frente a nosotros como invitándonos a que la siguiéramos.

Un instante después desapareció.

Nos preguntamos adónde había ido a parar, pero al poco rato la volvimos a ver al borde de una grieta abierta en la roca.

Revoloteó sobre nuestras cabezas y se metió de nuevo dentro de la grieta.

Muertos de curiosidad, la seguimos sin perder un segundo...

No se ve más allá de los hocicos...

El camino se internaba en la roca.

Nos rodeó la penumbra, una oscuridad inquietante y un poco siniestra, tan espesa que se podía cortar con un cuchillo. En aquel silencio denso como la melaza, las gotas de humedad estallaban contra el suelo.

El eco acompañaba cada una de nuestras palabras.

–Tío, ¿dónde estás? –murmuró Benjamín.

–Estoy aquí, enfrente de tus morros –susurré–. ¡Agárrame de la pata, sobrino, no debemos perdernos! Aquí no se ve más allá de los hocicos –balbuceé. De repente, me di cuenta de que en medio de la oscuridad había dos ojos amarillos que nos estaban mirando.

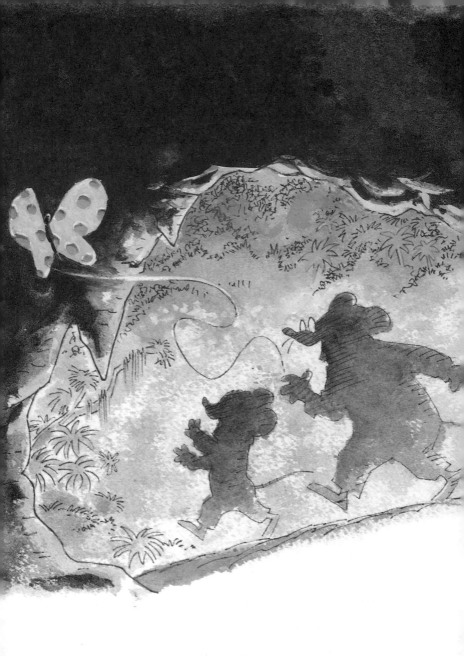

Las alas brillaban en la oscuridad...

–¡Socorro! –chillé.

¡¡¡¡¡¡¡Socorrooooooo!!!!!!

Mi chillido espeluznante retumbó contra las paredes. La **SANGRE** se me heló en las venas.

Benjamín susurró:

–¡Tío, no tengas miedo, no son ojos! Son las alas de la mariposa…

Me fijé mejor: tenía razón.

Las alas brillaban en la oscuridad: ¡eran fosforescentes!

Después me dio la impresión de que disminuían de tamaño: la mariposa se estaba alejando.

Salimos tras ella como un rayo: yo la hubiese seguido a cualquier lugar; todo menos quedarme en aquella oscuridad como un pasmarote. Pero ¿hacia dónde nos estaba conduciendo?

¡Me da miedo la oscuridad!

De pronto, comprobamos que el camino empezaba a estrecharse cada vez más. Hacía pensar en la forma de una porción de queso...

Al fondo había un pequeño **AGUJERO**, por donde **desapareció** la mariposa.

Intenté seguirla, pero el agujero era demasiado estrecho para mí o para cualquier ratón adulto. Es más, me había quedado medio atascado, pero Benjamín me sacó tirándome con fuerza de la cola.

–Prueba tú... –le sugerí desconsolado.

Benjamín se agachó:

–Sí, me parece que sí que paso. Hala, me voy, tío, ¡ya te explicaré qué hay al otro lado!

De repente me di cuenta de una cosa:

–¡Por mil quesos de bola, no he traído la cámara fotográfica!

Benjamín sonrió:

–¡Yo sí, tío Gerry, aquí la tengo!

Suspiré aliviado. ¡Qué fantástico, mi sobrino! ¡Es un ratoncito muy espabilado!

Benjamín se arrastró por la pequeña grieta con cautela, después oí que me susurraba:

–NO TE PREOCUPES POR MÍ, TÍO GERONIMO ¡TODO VA BIEN.–

Me senté a esperar. Por desgracia, me olvidé el reloj en el campamento y no tenía ni la más remota idea de cuánto tiempo había pasado.

Esperé minutos, horas, que me parecieron interminables.

No me atrevía a volver atrás, pero ¡ya no podía resistir un solo minuto más!

De cuando en cuando me acercaba al agujero y gritaba:

–Ben...

¡Benjamín!
¡¡¡Benjamín!!!
¡¡¡Benjamín!!!
¡¡¡Benjamín!!!

Después, víctima de la ansiedad, murmuraba ensimismado:

–No quiero quedarme solo... ¡Me da miedo la oscuridad!

¡HASTA LUEGO, MARIPOSILLA!

Finalmente, oí un rumor: era Benjamín, que estaba de vuelta. Se coló por la grieta y salió cerca de mí envuelto en la oscuridad. Lo abracé fuerte.

–¡Oh, pequeño, me tenías tan preocupado! Bien, ejem, también estaba preocupado por mí mismo...

Benjamín estaba excitadísimo, no cabía en la piel de tanta emoción. Daba saltitos de un lado a otro armando jolgorio:

–¡Tío, tío, tíooooo! ¡No te puedes imaginar lo que he visto! ¡La Octava Maravilla! ¡El Valle de los Quesitos! ¡Es precioso, maravilloso, mágico! *Qué pena que no hayas podido verlo tú también...*

A mí me temblaban las patas de emoción.

–¡Por mil quesos de bola! ¡Estoy orgulloso de ti! Por eso nunca nadie había podido encontrar la entrada del Valle... ¡tan solo un ratoncito pequeño como tú podía colarse por aquella grieta tan estrecha! ¡Sin tu ayuda nunca habríamos encontrado la Octava Maravilla! Pero dime, ¿has podido hacer fotografías?

BENJAMÍN SE PAVONEÓ.

–Por supuesto, tío Gerry, yo sé hacer unas fotos muy buenas.

Entonces, se caló su sombrero rojo, se acercó a la pequeña grieta y saludó con la pata diciendo:

–¡Hasta luego, mariposilla, gracias! ¡No te he visto, pero espero que tú me hayas oído! Nos dirigíamos hacia la salida cuando de pronto la cueva empezó a VIBRAR. Con un ruido sordo, las paredes empezaron a retumbar y dimos con el morro en el suelo.

–¡Un derrumbamiento! ¡Corramos, de prisa, o si no nos quedaremos atrapados aquí dentro! De las alturas empezaron a llover rocas: una de ellas, **enorme**, cayó frente a la grieta que llevaba al Valle y la obturó. Otra piedrota cayó justo a nuestro lado. Ben recibió un golpe y cayó al suelo, desmayado.

Lo levanté, me lo cargué al hombro y me dirigí con dificultad hacia la salida. Apenas tuve tiempo de salir cuando una nueva lluvia de piedras bloqueó la entrada de la cueva.

–¡UFFFFF! ¡Salvados por los pelos del bigote! –exclamé.

Por fin, Benjamín abrió los ojos.

–Tío, tiíto Geronimo, gracias, me has salvado la vida…, ¡eres un héroe!

–¡Qué va! Si no ha sido nada… –dije quitándole importancia–. ¿Sabes qué? Venga, explícame todo lo que has visto de ese famoso Valle de los Quesitos. ¡Me pica el pelaje de curiosidad!

–¡Paciencia, tío! Volvamos al campamento, la tía Tea y el primo Trampita deben de estar ya preocupadísimos.

¡Preocupadísimos...! ¡Por supuesto!

Cuando al fin llegamos al campamento, mis *queridísimos* parientes ¡aún estaban durmiendo! ¡Roncaban como locomotoras!

–¡Que se despierte todo el mundo! ¡Despertaaaos! –gritamos al unísono Benjamín y yo. No hubo respuesta.

–¡He descubierto la Octava Maravillaaa! –gritó Benjamín.

Los dos dormilones *se levantaron* de un salto.

CENTENARES, MILES, MILLONES DE MARIPOSAS

Benjamín comenzó a explicar su aventura:

–¡El Valle de los Quesitos existe de verdad! Mirad, me he colado por la grieta abierta en la roca, he seguido a la mariposilla hasta que he conseguido salir al exterior, en la cima de una montaña. Una luz amarilla, intensísima, me ha deslumbrado. Entonces he visto el Valle: se extendía a mis pies, y estaba allí, era real, ¡existía de verdad! Todo, desde las ramas de los árboles hasta las paredes de roca, estaba recubierto por mariposas amarillas: parecía una enorme extensión de queso...

Millones de mariposas levantaron el vuelo...

El aire desplazado por sus alas ha provocado una brisa ligera, y un fuerte e irresistible perfume de queso me ha aturdido... Se me ha enroscado la cola de tanta emoción: ¡qué espectáculo tan maravilloso!

He visto una bandada de mariposas que se dirigían hacia la monta

¡Era tan divertido que me he hecho una foto con el disparador automático! Me hubiera gustado bajar hasta el fondo del Valle, pero las paredes de roca eran demasiado escarpadas. Por eso he hecho muchísimas fotos desde arriba. ¡Ya veréis qué bonitas! Serán unas fotos estupendas...

n extendido por

Tea estaba emocionadísima:

–Esta vez sí que seremos famosos, qué gran artículo para escribir…, ¡venderemos periódicos a sacos!

ña, por encim

Trampita murmuró:

–Vale, sobrino, dime dónde está ese sitio, que volveremos los dos juntos. Quiero capturar unas cuantas de esas mariposotas –dijo mi primo con un brillo en la mirada que, por desgracia, conozco muy bien–. Podríamos capturar una docenita, y ATRAVESARLAS con un buen alfiler...

Yo estaba horrorizado.

–¡Trampita! Pero ¿qué estás diciendo?

Mi primo insistía, con un tono persuasivo:

–Las enmarcaría muy bien, ¿sabes? Marcos de oro macizo, con un precioso cartelito debajo, con el nombre de la mariposa grabado con letras mayúsculas...

–¡Pobre de ti! –le amenacé–. Y además, ya sabes que no podemos volver. Nos ha guiado hasta allí una mariposa, pero todo estaba muy oscuro y no sabríamos encontrar el camino de nuevo. Y eso no es todo. Un derrumbamiento de rocas ha cerrado el paso a la entrada del Valle para siempre... ¡Pero tenemos las fotos!

Entonces Tea gritó:

–¡Geronimo tiene toda la razón! ¡Con las fotos tendremos más que suficiente para demostrar que hemos descubierto el Valle de los Quesitos! ¡MENUDO ÉXITO, CHICOS, MENUDO ÉXITO...!

Cogió la cámara fotográfica y los carretes que le tendía Benjamín, los metió con cuidado en una bolsa de plástico impermeable y la selló.

–Estas PELÍCULAS son valiosísimas, son la prueba de que hemos descubierto la Octava Maravilla.

Trampita agarró la bolsita con rapidez.

–¡Ale hop! ¡Yo te la llevo, primita! Ahora ya podemos partir.

La vuelta a casa fue larga y fatig

Volvimos a Ratonia con todos los medios de locomoción posibles e imaginables que habíamos utilizado en la ida (lancha, jeep, avioneta, etcétera): el único pensamiento que me daba fuerzas para resistir era la imagen de Provoleta, mi ADORADA, DULCE Provoleta...

Tras esta empresa ya no se me podría resistir.

–¡Sí, volveré como un héroe! ¡Cuando me entrevisten en la televisión le será imposible no caer rendida a mis pies! –pensé feliz.

*… metió las películas con cuidado en una
bolsa de plástico…*

ESTÁS BROMEANDO, ¿VERDAD?

No perdimos tiempo: después de bajar de la avioneta corrimos a la oficina. No podíamos esperar para dar la noticia a los periódicos, a la televisión…

Tea se enganchó al teléfono.

–… sí, sí, **chato**, tal como te digo… ya he escrito el artículo entero, sí, lo tengo grabado en un disquete. ¿Fotos? Claro que sí, todas las que quieras, y son estupendas… Ya verás, las pasarán esta tarde en el telenoticias de las nueve, en exclusiva para *El Eco del Roedor*. Lo que oyes, el famoso Valle de

los Quesitos, mariposas amarillas llenas de agujeros como si fueran porciones de queso emmental... Sí, mi hermano se ha comportado como un héroe. Ja, ja, ja, claro, tengo todo el material aquí en la oficina, bueno, de hecho, lo tiene mi primo Trampita...
–Mientras decía eso le guiñó el 👁j👁 a mi primo con aire triunfal.

Yo noté que mi primo empezaba a PALIDECER.

De inmediato, dirigió la pata, temblorosa, hacia una silla, donde se desplomó... Se secó la frente, que estaba perlada de sudor frío.

¿Qué estaba pasando?

Mi hermana colgó el teléfono.

Después alargó la pata hacia Trampita.

–Venga, Trampita, dame la bolsa de las fotografías.

Mi primo esbozó una SONRISA TEMBLOROSA

–M-me parece que..., creo que..., ejem, no la tengo...

Mi hermana abrió los ojos como platos y los bigotes le empezaron a temblar de ira.

– ¿Qué dices? estás bromeando, ¿verda

Trampita intentó de nuevo otra sonrisa.

–Ejem…, me parece que me la dejé en algún sitio, no estoy seguro, quizás en el campamento, o en la playa… No, quizás en la lancha, se la llevaría el viento… O en el jeep… ¡Con todos aquellos agujeros! O en la avioneta…

Tea intentó saltarle al cuello, pero él fue más rápido y se refugió detrás del escritorio. Ella empezó a perseguirle dando vueltas a la mesa en una dramática persecución.

–¡Subproducto de rata de alcantarilla! ¡Subespecie de bestia roedora! ¡Caraqueso! Se me hinchan los bigotes solo de pensar que nos has arruinado. Si te pillo te estampo…

Yo intentaba calmar los ánimos.

–Tranquila, tranquila, no ha pasado nada, bueno…, ejem…, casi nada…

Tea interrumpió su PERSECUCIÓN para perseguirme a mí blandiendo la cámara fotográfica como si fuera una porra.

dando vueltas a la mesa en una dramática persecución Ella empezó a perseguirle

–Casi nada, ¿eh? Y ahora, ¿cómo demostramos que hemos descubierto el Valle de los Quesitos?

Benjamín gritó:

–¡Espera un momento, tía Tea!

Luego levantó su gorrito rojo.

De debajo del gorro REVOLOTEÓ una mariposilla amarilla, que se le posó en el hombro.

–Se me debió de esconder debajo del gorro cuando estábamos a oscuras, por eso entonces no me di cuenta. Quizá me siguió porque le gusto. Es bonita, ¿no? ¡La llamaré Quesita!

La mariposa revoloteó alegre alrede

Después volvió a posarse sobre su hombro. Yo la observaba fascinado. Tras unos segundos, murmuré:

–*Casea Benjamini*: ¡he aquí el nombre de la nueva especie!

Tea gritó:

–¡He aquí la prueba viviente de que hemos descubierto el Valle de los Quesitos! Por lo menos podemos hacerle unas cuantas fotos, ¿no?

¡HAGAN COLA, POR FAVOR!

–¿Sí? ¿Es usted Geronimo Stilton? ¿El **héro** nacional? ¿El famoso editor? ¿El ratón de la mariposa Quesita? ¿El descubridor de la Octava Maravilla?

Yo me aclaré la garganta:

–Sí, sí, por supuesto, yo mismo. Sí, soy Geronimo Stilton en persona, sí, efectivamente...

–¿Puedo hacerle una entrevista? Para el te-

lenoticias de esta noche TELE RATONIA.
Quisiera conocer su opinión acerca de todo, desde el aumento de precio del queso de bola hasta a quién votará en las próximas elecciones presidenciales... ¿perdón, de qué signo del zodíaco es usted? ¿Sabe? Nuestro público está interesadísimo en los detalles de la vida privada de los héroes nacionales... Perdone, perdone, todavía una preguntita más... ¿Usted está casado? ¿Sabe? Nuestras espectadoras pierden el oremus por los héroes nacionales solteros... ¿Sabe que le cae muy bien al público *femenino*?

Yo empecé a menear la cabeza.

–Ya lo sé, incluso me han propuesto posar

desnudo, pero me he negado. Lo siento, pero tendrá que guardar cola, son tantos los que me quieren entrevistar, y estamos muy, muy, muy ocupados. Imagínese que tengo la agenda llena de aquí hasta Pascua..., del año próximo, naturalmente...

En la habitación de al lado mi hermana y mi primo Trampita, como yo, no paraban de contestar al teléfono. ¡¡¡Riiiiiiinnnng

Ratonila entró en mi despacho a la carrera.

–Señor Stilton, señor Stilton, el teléfono está colapsado, la centralita ha enloquecido, la telefonista ha presentado la dimisión, ¡dice que hay tantísimas llamadas que no da abasto! La habitación del fax está inundada de papeles y ya no se puede ni entrar. El e-mail se ha colapsado de tantos mensajes. ¿Sabe, por cierto, que hay una web llamada **«GERONIMO STILTON FAN CLUB»**? Y he leído allí un montón de cosas sobre usted, un montón... hasta una pequeña biografía, en mi opinión totalmente falsa, que dice que usted, de pequeñito...

Entonces se oyó un estruendo. Ratonila soltó un alarido.

–Sus admiradoras han echado abajo la

¡¡¡Riiiiiiiinnnnnng!!!

I LOVE GERONIMO ST

puerta, y al portero… ¡Están a punto de entrar a la carga en la redacción! Pero no se preocupe, señor, yo le defenderé, ya tengo a punto las mangueras de agua a presión. –Y salió corriendo de mi despacho con decisión. Volví a menear la cabeza y miré por la ventana. Por el cielo pasaba una avioneta con un anuncio que decía:

I LOVE GERONIMO STILTON!!!

En ese momento entró en mi despacho mi primo Trampita.

Me dijo, guiñándome el ojo:

–Eh, Geronimito, te guardo una sorpresita, aquí, detrás de la puerta. ¡Tú sí que tienes suerte!

ON!!! ♥

Lo miré **ALARMADO**.

—¡No la dejes entrar! Seguro que es una de esas admiradoras locas.

Él sonrió con picardía.

–No, no es cualquiera. ¡Venga, abre la puerta, tonto! Ya verás cómo la adivina tenía muchísima razón.

Yo repliqué, lleno de sospechas:

–¿Cómo sabes tú de la adivina, eh?

–Nada, chato, nada, solo hablaba por hablar...

¡SI HE DICHO NO, ES QUE NO!

Abrí la puerta... y un intenso perfume de rosas me dejó aturdido.

Sentada en una butaquita de la sala de espera había una ratoncita con un fascinante y ceñidísimo vestido rojo.

¡Provoleta!

Ella se me acercó y me susurró delicadamente al oído:

—*¡Oh, Geronimo, querido, he esperado tanto tu retorno...! ¡Gracias, gracias por*

las rosas y los bombones! Qué detalles tan
exquisitos...

Yo balbuceé, un poco distraído:

–¿Rosas? ¿Bombones? Ah, sí, ya me acuerdo...

Ella murmuró persuasiva:

–Mi héroe, explícame toda la expedición. ¡Lo quiero saber todo, hasta el mínimo detalle!

Yo refunfuñé:

–Mira, sí, fuimos, y ya hemos vuelto..., poca cosa en realidad...

Provoleta, alarmada por mi actitud fría, exclamó:

–Pero, Geronimo, ¿es que ya no te gusto? ¿No se te desboca el corazón, no te sudan las patas, no se te traba la lengua cuando me ves?

–¿Sabes? Si quieres conocer la verdad, no, ya no.

–Pero ¿ni siquiera un poquito?

–Eh, no. ¡Si he dicho **NO**, es que **NO!**

Provoleta palideció. Después decidió jugar su última carta.

–¿Sabes? Esta noche he sido invitada a una cena para unos cuantos íntimos en casa del alcalde. Me gustaría mucho tener un acompañante tan influyente como tú. ¿Quieres venir?

Yo le respondí, indiferente:

–No, gracias. ¿Sabes?, no creo que sea una buena idea... Ejem..., lo siento..., creo que ya no siento lo mismo por ti. Estas cosas pasan, son caprichos del corazón...

Ella insistió, **me suplicó**, intentó convencerme de todas las maneras posibles.

Pero a mí ella ya no me interesaba.

¿Queréis saber por qué? Porque sí. Porque el amor es así. No es justo, lo sé, pero es así. Te enamoras de repente, y un buen día pierdes todo interés... ¡Así es la vida!

Pero a mí ella ya no me interesaba...

¿DIGA?
GERONIMINO...

Aquella noche llegué a casa con un suspiro de alivio.

«*¡POR FIN SOLO!*», pensé.

Desconecté el teléfono (una revista del corazón había publicado mi número de teléfono particular y las admiradoras no paraban de llamarme).

Me tomé un reconfortante baño caliente, rebusqué en la nevera y devoré un trozo de pastel de queso.

Justo cuando me acababa de acomodar en el sillón empezó a sonar el teléfono móvil.

¿Quién podría ser? ¡Solo alguien que me conociera bien!

–¿Diga? –contesté, molesto–. ¿Qué quiere?

–Geronimiiiiino, ¡soy tu adorada hermanita Tea!

–Grunfff, ¿qué quieres?

–Geronimiiiiino, quería invitarte a casa esta noche. ¿Vendrás? Vale, te espero. ¡Adiós!

–¡No, no, espera un momento! –chillé–. ¡No tengo ningunas ganas de salir!

Demasiado tarde, ella ya había colgado.

Me fui andando y me arrastré cansado hasta la casa de Tea.

Al llegar al rellano oí un ruido extraño: jolgorio, risas excitadas...

Después alguien que susurraba:

–¡Chissst!

Se hizo un silencio absoluto. Abrí la puerta y miré dentro.

–Hola... ¿Hay alguien ahí? –pregunté desconfiado.

¡SORPRESA!
¡SORPRESA!

De repente, se encendieron las luces y mi hermana gritó:

—Aquí lo tenéis, es mi hermano, es ¡Geronimo Stilton!

Treinta y ocho ratoncitas gritaron a coro:

—¡Geronimo! ¡Geronimo Stilton! ¡Síííííí!

Yo estaba a punto de desmayarme.

Intenté huir, pero Tea se aferró a mi brazo.

—¡Geronimo! —gritó autoritaria—. Siéntate aquí, presidiendo la mesa. Mis amigas quieren que les expliques tú mismo la expedición. Y déjame en buen lugar, ¿quieres?

—¡Sí, Geronimo, cuéntanoslo!

–¡Guapísimo, lo queremos saber todo!

–¡Geronimino! ¿Sabes que estás mejor que en las fotografías?

–¡Gerry, estamos todas

–Sí, Geronimo, eres nuestro héroe...

–¡Eres nuestro mito!

Tea se pavoneaba, orgullosa.

amente enamoradas de t

–¿Qué os había dicho? Os había prometido que lo traería aquí, y aquí lo tenéis, es todo vuestro...

Intenté escabullirme hasta la puerta, pero ella me pilló.

–No me hagas hacer el ridículo, ¿eh? Venga, explica la expedición.

Yo, con la fuerza de la desesperación, le hice una finta y me **encerré** en el armario trastero al fondo del pasillo.

Me atrincheré dentro, y desde allí, entre los chillidos de mis «insistentes» admiradoras, se oía la voz de mi hermana gritando:

–¡Geronimo, te ordeno que salgas!

Suspiré.

–Ah, el amor...

*... le hice una finta y me encerré en el armario
trastero...*

ÍNDICE

Geronimo Stilton

HUMOR Y AVENTURA

MI NOMBRE ES STILTON, GERONIMO STILTON

Geronimo Stilton

HUMOR Y AVENTURA

EN BUSCA DE LA MARAVILLA PERDIDA

Geronimo Stilton

HUMOR Y MISTERIO

EL MISTERIOSO MANUSCRITO DE NOSTRARRATUS

Geronimo Stilton

HUMOR Y AVENTURA

EL CASTILLO DE ROCA TACAÑA

Geronimo Stilton

HUMOR Y VIAJES

UN DISPARATADO VIAJE A RATIKISTÁN

Geronimo Stilton

HUMOR Y AVENTURA

LA CARRERA MÁS LOCA DEL MUNDO

Geronimo Stilton

HUMOR Y MISTERIO

LA SONRISA DE MONA RATISA

Geronimo Stilton

HUMOR Y AVENTURA

EL GALEÓN DE LOS GATOS PIRATAS

Geronimo Stilton

HUMOR Y MISTERIO

¡QUITA ESAS PATAS, CARAQUESO!

Geronimo Stilton

HUMOR Y MISTERIO

EL MISTERIO DEL TESORO DESAPARECIDO

Geronimo Stilton

HUMOR Y VIAJES

CUATRO RATONES EN LA SELVA NEGRA

Geronimo Stilton

HUMOR Y MISTERIO

EL FANTASMA DEL METRO

Geronimo Stilton

HUMOR Y AVENTURA

EL AMOR ES COMO EL QUESO

Geronimo Stilton

HUMOR Y MISTERIO

EL CASTILLO DE ZAMPACHICHA MIAUMIAU

Geronimo Stilton

HUMOR Y AVENTURA

¡AGARRAOS LOS BIGOTES... QUE LLEGA RATIGONI!

Geronimo Stilton

HUMOR Y AVENTURA

TRAS LA PISTA DEL YETI

Geronimo Stilton — HUMOR Y VIAJES
EL MISTERIO DE LA PIRÁMIDE DE QUESO

Geronimo Stilton — HUMOR Y TERROR
EL SECRETO DE LA FAMILIA TENEBRAX

Geronimo Stilton — HUMOR Y AVENTURA
¿QUERÍAS VACACIONES, STILTON?

Geronimo Stilton — HUMOR Y AVENTURA
UN RATÓN EDUCADO NO SE TIRA RATOPEDOS

Geronimo Stilton — HUMOR Y TERROR
¿QUIÉN HA RAPTADO A LÁNGUIDA?

Geronimo Stilton — HUMOR Y MISTERIO
EL EXTRAÑO CASO DE LA RATA APESTOSA

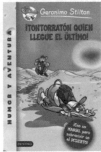

Geronimo Stilton — HUMOR Y AVENTURA
¡TONTORRATÓN QUIEN LLEGUE EL ÚLTIMO!

Geronimo Stilton — HUMOR Y VIAJES
¡QUÉ VACACIONES TAN SUPERRATÓNICAS!

Geronimo Stilton — HUMOR Y TERROR
HALLOWEEN... ¡QUÉ MIEDO!

Geronimo Stilton — HUMOR Y AVENTURA
¡MENUDO CANGUELO EN EL KILIMANJARO!

NO TE PIERDAS MIS HISTORIAS MORROCOTUDAS.
¡PALABRA DE GERONIMO STILTON!

Geronimo Stilton

Marca en la casilla correspondiente los títulos que
tienes y los que te faltan para completar la colección.

SÍ NO

☐ ☐ 1. Mi nombre es Stilton,
Geronimo Stilton
☐ ☐ 2. En busca de la
maravilla perdida
☐ ☐ 3. El misterioso manuscrito
de Nostrarratus
☐ ☐ 4. El castillo de Roca Tacaña
☐ ☐ 5. Un disparatado viaje
a Ratikistán
☐ ☐ 6. La carrera más loca
del mundo
☐ ☐ 7. La sonrisa de Mona Ratisa
☐ ☐ 8. El galeón de los gatos
piratas
☐ ☐ 9. ¡Quita esas patas,
caraqueso!
☐ ☐ 10. El misterio del tesoro
desaparecido
☐ ☐ 11. Cuatro ratones en
la Selva Negra
☐ ☐ 12. El fantasma del metro
☐ ☐ 13. El amor es como el queso
☐ ☐ 14. El castillo de Zampachicha
Miaumiau
☐ ☐ 15. ¡Agarraos los bigotes...
que llega Ratigoni!
☐ ☐ 16. Tras la pista del yeti
☐ ☐ 17. El misterio de la pirámide
de queso
☐ ☐ 18. El secreto de la familia
Tenebrax
☐ ☐ 19. ¿Querías vacaciones,
Stilton?
☐ ☐ 20. Un ratón educado no se
tira ratopedos

SÍ NO

☐ ☐ 21. ¿Quién ha raptado a
Lánguida?
☐ ☐ 22. El extraño caso de la Rata
Apestosa
☐ ☐ 23. ¡Tontorratón quien llegue
el último!
☐ ☐ 24. ¡Qué vacaciones tan
superratónicas!
☐ ☐ 25. Halloween... ¡qué miedo!
☐ ☐ 26. ¡Menudo canguelo en el
Kilimanjaro!

☐ ☐ En el Reino de la
Fantasía
☐ ☐ Viaje en el Tiempo

☐ ☐ El pequeño libro de la paz
☐ ☐ Un maravilloso mundo
para Oliver

Próximamente

27. Cuatro ratones en el Lejano Oeste

EL ECO DEL ROEDOR
1. Entrada
2. Imprenta (aquí se imprimen los libros y
   los periódicos)
3. Administración
4. Redacción (aquí trabajan redactores,
   diseñadores gráficos, ilustradores)
5. Despacho de Geronimo Stilton
6. Helipuerto

Ratonia, la Ciudad de los Ratones

1. Zona industrial de Ratonia
2. Fábricas de queso
3. Aeropuerto
4. Radio y televisión
5. Mercado del Queso
6. Mercado del Pescado
7. Ayuntamiento
8. Castillo de Morrofinolis
9. Las siete colinas de Ratonia
10. Estación de Ferrocarril
11. Centro comercial
12. Cine
13. Gimnasio
14. Sala de conciertos
15. Plaza de la Piedra Cantarina
16. Teatro Fetuchini
17. Gran Hotel
18. Hospital
19. Jardín Botánico
20. Bazar de la Pulga Coja
21. Aparcamiento
22. Museo de Arte Moderno
23. Universidad y Biblioteca
24. «La Gaceta del Ratón»
25. «El Eco del Roedor»
26. Casa de Trampita
27. Barrio de la Moda
28. Restaurante El Queso de Oro
29. Centro de Protección del Mar y del Medio Ambiente
30. Capitanía
31. Estadio
32. Campo de golf
33. Piscina
34. Canchas de tenis
35. Parque de atracciones
36. Casa de Geronimo
37. Barrio de los anticuarios
38. Librería
39. Astilleros
40. Casa de Tea
41. Puerto
42. Faro
43. Estatua de la Libertad

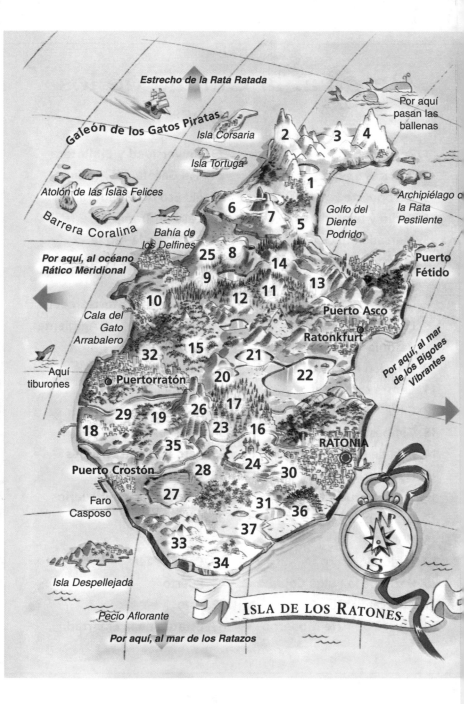

Estrecho de la Rata Ratada

Galeón de los Gatos Piratas

Isla Corsaria

Isla Tortuga

Por aquí pasan las ballenas

Atolón de las Islas Felices

Barrera Coralina

Bahía de los Delfines

Por aquí, al océano Rático Meridional

Golfo del Diente Podrido

Archipiélago de la Rata Pestilente

Puerto Fétido

Cala del Gato Arrabalero

Puerto Asco

Ratonkfurt

Aquí tiburones

Puertorratón

Por aquí, al mar de los Bigotes Vibrantes

RATONIA

Puerto Crostón

Faro Casposo

Isla Despellejada

Pecio Aflorante

ISLA DE LOS RATONES

Por aquí, al mar de los Ratazos

La Isla de los Ratones

1. Gran Lago Helado
2. Pico del Pelaje Helado
3. Pico Vayapedazodeglaciar
4. Pico Quetepelasdefrío
5. Ratikistán
6. Transratonia
7. Pico Vampiro
8. Volcán Ratífero
9. Lago Sulfuroso
10. Paso del Gatocansado
11. Pico Apestoso
12. Bosque Oscuro
13. Valle de los Vampiros Vanidosos
14. Pico Escalofrioso
15. Paso de la Línea de Sombra

16. Roca Tacaña
17. Parque Nacional para la Defensa de la Naturaleza
18. Las Ratoneras Marinas
19. Bosque de los Fósiles
20. Lago Lago
21. Lago Lagolago
22. Lago Lagolagolago
23. Roca Tapioca
24. Castillo Miaumiau
25. Valle de las Secuoyas Gigantes
26. Fuente Fundida
27. Ciénagas sulfurosas
28. Géiser
29. Valle de los Ratones
30. Valle de las Ratas
31. Pantano de los Mosquitos
32. Roca Cabrales
33. Desierto del Ráthara
34. Oasis del Camello Baboso
35. Cumbre Cumbrosa
36. Jungla Negra
37. Río Mosquito

Queridos amigos roedores,
hasta el próximo libro.
Otro libro morrocotudo,
palabra de Stilton, de...

Geronimo Stilton